KB120604

사소한 구원

시작시인선 0331 사소한 구원

1판 1쇄 펴낸날 2020년 6월 10일
지은이 한승태
펴낸이 이재무
책임편집 차성환
편집디자인 민성돈, 장덕진
펴낸곳 (주)천년의시작
등록번호 제301-2012-033호
등록일자 2006년 1월 10일
주소 (03132) 서울시 종로구 삼일대로32길 36 운현신화타워 502호
전화 02-723-8668
팩스 02-723-8630
홈페이지 www.poempoem.com
이메일 poemsijak@hanmail.net

ISBN 978-89-6021-490-3 04810
978-89-6021-069-1 04810(세트)

값 10,000원

*이 책의 국립중앙도서관 출판시도서목록(CIP)은 서지정보유통지원시스템 홈페이지(http://seoji.nl.go.kr)와 국가자료공동목록시스템(http://www.nl.go.kr/kolisnet)에서 이용하실 수 있습니다.(CIP 제어번호: CIP2020020865)

*이 도서는 2019년도 아르코문학창작기금 지원사업에 선정되어 발간된 작품입니다

사소한 구원

한승태

천년의 시작

시인의 말

앞에는 두 갈래 길이 있고 나는 하나의 길을 선택해 왔다. 그때마다 '나'라는 벌거벗은 아상我相과 내가 입었던 옷이 서로 밀고 당겼다. 그게 나의 길을 만들었다. 작업복과 평상복을 구분하지 못하고 나는 살아왔다. 옷이 몸을 만들어왔다. 입었던 옷이 누더기가 되었다.

누더기에 진 빚이 찬연하다.

차 례

제2부 상상의 동물이 아니다

제3부 세상에 없던 이야기

제4부 벼룩이 나를 움직이지

해 설

제1부 혼자 울던 햇살무늬 꼬리

가을은 아라야식阿羅耶識

주말 가을 뒷산에는 사람이 없다
다들 높은 곳으로 붉은 곳으로 갔나

떡갈나무 이파리 사이에 햇살무늬
뒷산 아내 품을 떠날 수가 없다 나는

사람들이 오가며 쌓은 돌탑 아래
혼자 울던 햇살무늬 꼬리를 만났다

할머니의 할머니와 그 할머니의 돌무지는
햇살이 품어주는 오랜 매장 방식이라는데

이파리는 하늘로 향하던 물기둥을 털어내고
그 아래 똬리를 튼 두려움을 만나게 했다

운명이다

애막골 근처 오월의 논길을 걸으면 온통 개구리 울음이다 울음뿐인 골짜기를 지나면 은하수 가득 벼들의 눈물도 흐르고 눈물에 젖고 나면 별들은 일시에 무너져 내려 몸을 헤집고 살 부비는 종소리 깊게 퍼져나가고

누가 당신에게 울음을 옮겨 놓았나 손바닥으로 별을 쓸어보는 밤이다 은하수엔 숭어 떼 뛰고 함부로 던진 훌치기 바늘은 등허리를 헤집고 질끈 눈 감은 울음은 논바닥에 나뒹구는 밤이고 어차피 혼자인 밤이고 소쩍새 나는 밤인데

소나무

골목 어귀에 선 아까시 꽃 내 뭉클하도록
침이나 뱉으며 사는 것이 전부였던 이는
집에 들어오지는 못하고 뒷산 어둠 속
우두커니 서서 기다린 아버지였을 터

어둠 내리도록 두엄을 내고 김매던 밭을 지나
산 너머 먼바다에서 밤새 걸어온 하늘에 대고
숲이 퍼렇도록 열무를 묶고 그만 내려오라고
나무 사이 어둠을 불러들인 이는 어머니였을 게다

잠에… 잠에 들다

세상 소리 다 듣는 천수관음의 촛불
유리창마다 그 여리고 긴 손가락들

뒤집혀 기운 여객선 속
손톱에 박힌 암흑을 몸에 들이고
중심은 텅 비어
아스팔트에서 피뢰침 너머 구름까지
울음을 둥글게 감싸 안는 범종
오랜 예언 끝에
서서히 움직이는 당신

물방울 오시네

소나무 숲을 지나는 울분과
방파제를 넘고 산을 넘는 너울 파도
서둘러 베란다 창 닫고 빨래를 걷는다
갈매기 날개로 사선으로 내려앉으려다
급박함에 속을 뒤집는 이웃
살구나무와 후박나무 이파리 서로 흐느끼다
아파트 벽 앞에 몸을 일으켜 닫힌 창문 두드리네

분노는 살구를 떨구고 쓰레기통을 쓰러뜨리고

물방울 오시네

내 귀는 구름으로 부풀다 가물가물하고
악몽을 밟고 안으로 쓱 들어오시는 고래의 보살행
바다에서 육지까지 물방울 깊어지는 소리
손가락 끝에서 여리고 긴 촛불 타오르네

북리北里

산 높고 골 깊어 우물 같은 곳
임란 때도 목숨은 살 수 있다고
어진 백성이 숨어들던 갑둔이나 귀둔
더 이상 꼴 보기 싫으니 내 눈에 띄지 말라고
유배 보내는 강원 산간 하고도 마가리
동학 전쟁 때 야반도주로 숨어든
내촌 백우산 아래 나의 씨족들이나
나의 씨족보다 먼저 온 마의태자나
고려 적 폐족들이 성을 바꾸고 숨어 산다는 곳
주먹으로 받은 추위를 견디기 위해
불씨 하나씩 가슴골에 품고
나무 하나하나에 말이나 붙이고 살아왔거니
혼잣말 일구어온 이깔나무나 떡갈나무들

인정을 찾아 먹을 것을 찾아 헤매 돌았다는
벌거벗은 조상은 어쩌다 혹한과 척박의 땅에 정착했는가
순록처럼 두터운 털도 곰처럼 긴 동면도 없이
농사지을 땅도 없어
돌이나 줍고 불에 불을 놓아 개간했던 마음
나도 너희들은 보기 싫다고

너희가 가지 않는 곳이니 나라도 가서 살겠노라고
사람이 미워서인가
살고 싶어서인가
사랑하고 싶어서인가
나타샤와 백석이 마가리로 간 것이나
산골을 걷는 것은
기도하는 거나 마찬가지
그렇게 새소리를 따라 걷는 것은
칠성의 마음이나 헤아려보는 것

치성

산길을 걸으면
나무 뒤에서 바위 뒤나 풀숲에서
당신의 걸음을 헤아리셨지
산까치도 고라니도 당신을 지켜보았어
떨어지던 솔방울도 빗방울도 눈송이도 보라고
자꾸 손짓을 했어 누군가

진언을 외던 외할아버지는
깊은 산속에서 몇 달씩
생쌀을 씹으며 기도했다 하고
소 장수를 해도 개고기는 멀리하고
살생에는 해원을 하셨다는데
해마다 어머닌 두어 번 산에 올라 치성을 드렸지
가지 않으면 몸마저 불편해졌으니
조왕님과 터주님 철륭님께는 매일
물 대접을 올렸어

자식 학교 따라 도시 근교에서
여섯을 키웠지 봄부터
열무며 파를 묶고 옥수수를 쪄 날랐고

겨울에는 만두를 빚어 집집마다 머리에 이고 돌았어
장사가 되는 3단지 시장은 단속이 심했지
호각 소리를 피할 때
자리를 놓고
집사님이 귀엣말을 속삭였어

교회를 처음 다녀오고
꿈에 산신을 뵈었지
방 안 가득 들어온 호랑이 때문에
나 죽었구나 할 때
천장에서 손 하나가 내려와 휘저었지
힘이 더 셌어
가득하던 호랑이가 사라지고
몸도 가벼웠지
다행히 여섯 남매는 잘 자랐어
성경을 필사하던 힘으로
권사에 오르고
어머니의 귀엣말은 이제 주술처럼
간곡해졌지

밤이 선생이다

—나의 선생님께

신갈나무 숲속에 드리워진 조각은
비장하게 빛나는 일곱 개의 단도

도로와 유리 빌딩이 반사하는 유월은
동공 속에 돌아다니는 모래 알갱이

유년의 강은 세상 모든 강이었으니
밤하늘은 매일 창세기가 펼쳐졌었지

밤으로부터 심장을 얻지 못했다면
뒤꿈치 날개는 돋아나지 못했으리

사소한 구원

겨울 지나고 점심 먹으러 봄내*엘 갔어 허기진 몸은 웃으면서 살구 두 개를 얻었지 하나는 그 자리에서 맛보았어 불이 번쩍 들어오고 네가 보였지 검은 필라멘트가 꿈틀거렸어 남은 하나를 책상 위에 두었던 것인데 울타리 꽃잎 떨어지고 우물에 샘이 차듯 이튿날부터 서류 더미는 내려앉고 창 없는 사무실에 황금빛 발자국이 가득했지 태양의 흑점이 짙어지고 익을 대로 익은 불안도 꿈틀거렸지 경계의 몸을 벗고 너의 발자국을 따라 춤을 추었지만 너는 진득하니 한자리 있지 못하고 또 어디를 가나 콧속 뿌리를 촘촘하게 채우더니 메아리가 허공을 마구 울었어 형광빛이 절반 돌아오고 또 하루가 지나자 네가 들어온 길은 보이지 않고 사무실 가득하던 황금빛 발자국도 메아리도 사라지고

* 봄내: 춘천春川의 우리말 표기.

제2부 상상의 동물이 아니다

나는 노새다

상상의 동물이 아니다

노새는 암말과 수탕나귀 사이에서 난 튀기다 수말과 암탕나귀 사이에서 나온 새끼는 버새다 노새와 버새는 새끼를 낳지 못하는 불구다 크기는 말만 하나 생김새는 당나귀를 닮았다 한때 노동 세계에서 힘깨나 쓰는 것으로 인기였다 몸은 튼튼하고 아무거나 잘 먹고 변덕 심한 주인도 잘 견디어 정신병에 걸리는 일도 없다 말없이 무거운 짐과 외로운 길도 능히 견딘다

인간은 망각하는 동물이다

사치

낮잠 자고 일요일 오후를 빈둥거렸다
초등생 딸이 요리책 펴고 반죽을 주무르자
서서히 노을은 창으로 들어와 거실에 가득 찼다
책을 뒤적이고 채널을 돌리다 음악을 바꾸고
저녁 곁을 지키며 나는 괜히 서성거렸다

일주일을 한 달을 무엇을 바라 달려왔던가
기억해 주지 않는 걸음은 젖었고 거울은 보기 싫었다
나는 일렁이다 주저앉는 불꽃마저 훅 꺼버리고 싶었다

되직한 반죽에 손가락을 담근 딸은 내게
물을 조금 더 부으라고 하였던 것도 같고
오븐 속 붉은 공기는 딸아이의 콧노래로 부풀고
남은 것은 어두워오는 떡갈나무 숲으로 건너가
소쩍새 울음으로 둥그러지고 별은 바삭바삭 빛났다

콧노래에서 시작한 불은 내 몸으로 옮겨 와
아랫배를 덥히거나 아궁이의 알불로 타오르고
아득히 장작 냄새와 밥 짓는 냄새 속을 종종거리다
몸 둘 바 모르던 마음도 바삭하고

유령들

온다 거미 떼 빗줄기 밖은 보이지 않는다
출근길 지하철에서 막 밀려 나오는 회사원들

계단을 오른다 가방을 메고 발 구르며
안드로이드 군단의 발맞춘 엔진 소리처럼

겨울 산의 허공을 껴안는 나무초리처럼
대로에는 아지랑이 일렁이며 솟는 마천루

총을 난사하며 발맞춰 올라오는 로봇 병사들
홀로그램 같다 그들이 관통해 가는 내 몸은

응급실 앞에 선 나는 이름이 생각나지 않는다
심장 아래 횡격막에 번개가 걸린 것도 같고

멀리서 다가온 구름이 무겁게 지나가듯
엑스선이 통과한 경악의 표정과 웅웅거림

잡히지 않는 손을 잡았다 놓았다 하며
봄을 머금은 바람은 나를 막 통과하고

주말 이후

흰 구름 아래 바다는 햇살이 반짝
뛴다 구름을 닮은 십사 세 토끼가 바다를
토끼장 프레임을 박차고 나와 바다 위를
뛴다* 하늘 위로 꿈은 그런 것이네

화장한 눈 밑에 어둠을 끌고 돌아오는 고층의 저녁
티브이 앞에서 맥주 거품을 마시며 졸음을 보충하는
냉장고 안에는 당근 하나
겨우 당근이 하나
토끼가 육식을 바라는 것도 아닌데
겨우 당근 하나 냉장고 속 당근
손아귀를 빠져나와 달아나는 당근 하나

당근을 잡으려 필사적인 월요일
화장한 눈 밑에 어둠을 끌고 돌아오는 고층의 저녁
잡으려 하면 뛰어오르는 화살표 같은 화요일
화장한 눈 밑에 어둠을 끌고 돌아오는 고층의 저녁
식탁을 겨우 벗어나 거실에 주저앉는 수요일
화장한 눈 밑에 어둠을 끌고 돌아오는 고층의 저녁
부숴버리겠다고 야구방망이를 휘두르는 목요일

화장한 눈 밑에 어둠을 끌고 돌아오는 고층의 저녁
티브이를 부숴버리고 접시와 식탁을 박살 내는 금요일
결국 나를 부수고 부숴버리는 토요일
화장한 눈 밑에 어둠을 끌고 돌아오는 고층의 저녁

벅스 버니처럼 당근을 잡으려
창밖으로 추락하는 중
흰 구름 아래로 추락하며 생각하는 중
냉장고 안 당근 하나
어떤 맛인가
리모컨처럼
즉각적인 사랑을 꿈꾸지만
그런 주말은 없네 그런 행운은 없네

흰 구름 아래 바다는 햇살이 반짝
뛴다 구름을 닮은 십사 세 토끼가 바다를
토끼장 프레임을 박차고 나와 바다 위를
뛴다 하늘 위로 꿈은 그런 것이네

* 가타부치 스나오 감독의 2018년 BIAF 트레일러 필름을 묘사했다.

호황*

소도시 변두리 어디에고 이런 골목은 많다

교회 십자가 둘, 유리점과 목공소, 세탁소와 전업사, 미용실과 화장품 가게, 중국집이 사이에 끼어있을 뿐
나머지는 모두 술집과 음식점을 겸한 술집이다
술집은 으레 그렇다는 듯 가게 문을 열고 있지만
한여름 밤 열기로 상가 골목에는 바람 한 점 없다
진력이 난다는 듯 선풍기만 고개를 좌우로 흔든다 이때
이런 골목에는 어울릴 것 같지 않은 젊은 왕이 골목에 들어섰다
그는 정적이 흐르는 골목을 휘돌아보고
묵은 공기를 휘저으며 '사랑해집'으로 들어섰다
여름 불경기에 대해 하소연하던 여주인은
부산하게 이 골목의 미래를 안주로 내놓는다
묵묵히 술만 마시던 젊은 왕은 심드렁해졌다
돈이 잘못 돌고 있는 거지! 나쁜 피로 수혈받은 이 돈처럼
이러다 다 굶어 죽겠다고 여자가 맞장구를 쳤다
젊은 왕은 골목의 미래 가슴에 지폐를 한 움큼 넣어주고
돈다발을 식탁 위에 던져놓았다
소비가 미덕이라, 흥 그렇다면……

젊은 왕은 성난 표범처럼 움직였다
티브이가 깨지고 유리창이 와장창 박살 났다
조명등이 깨지고 선풍기 목이 부러졌다
그나마 완강했던 문짝마저 부서졌다
그날 젊은 왕은 골목을 그렇게 걸어 나갔다
여름밤의 돼먹지 않은 불경기 때문에 죽은 듯
숨죽였던 골목이 벌렁벌렁 숨을 쉬기 시작했다
유리점이 신났고 전업사가 휘파람을 불며 달려오고
문짝을 고치는 인부의 드릴 소리가 경쾌하게 울려 퍼지고
미래는 미용실과 화장품 가게를 거쳐 옷 가게를 드나들었다

* 호황: 전상국의 장편집掌篇集『식인의 나라』에서 빌려 왔다.

육림랜드

한때 육림의 날이 있어 이 공원을 위한 날로 알았다 육림연탄에 육림극장을 거느린 지방 소도시 꼬맹이였느니 그럴 만도 했겠다

공원 안에는 팔각정이 있고 한때는 거기서 결혼하는 것으로 삼촌은 품위를 보장받았다 내게는 대관람차나 바이킹보다 곰과 호랑이가 조그만 우리 안에 귀찮다는 듯 앉아 침 흘리는 것이 더 신기했다 식욕을 가둘 수 있다니! 공원에는 호랑이 오줌 냄새가 온통 넘쳐흘렀다

벚꽃이 떨어질 때 아이들은 행복한 한때를 그곳에서 보냈다

이십여 년이 지나고 전국에 랜드가 유행하고 이곳도 이름을 바꿔 달았다 벗겨진 페인트를 다시 칠했지만 사람들은 좀처럼 오지 않았다 호랑이의 식욕이 건재한지 궁금했지만 그때 마주친 눈빛 때문에 가기가 두려웠다

또 십 년이 지나고 호랑이의 식욕에서 태어난 오리 꽃닭 강아지 같은 집 동물을 보려고 인근 어린이집에서 찾아온다고 했다 아이들의 웃음소리에 벚꽃은 또 까르르 떨어지고

식욕은 여름처럼 큰 입을 벌리고 새로운 허기가 꼬리를 흔들었다

호수는 낯빛을 바꾸고

칼날이 부딪고 불꽃이 튀었던 일이며
혼자 하는 일과 조직이 도모하는 일이
나를 보이지 않는 혁신과 걷게 했다

바람과 함께 걷지 못한다 나는
강을 거슬러 굴원을 흉내 내지만 다시 흐르며
불독이 된다 나는 신발 안에 모래알 같은 자

내 업무는 K2에 무산소로 등정하는 거 같지
강변에 와 버리는 개 비린내와 성과 목표 같은
인간에게 덧난 잇자국을 씻는다

물비늘은 반짝이다 곤궁한 내 심장을 찌르고
또 내 칼날에 쓰러진 갈대와 가마우지의 비명
피 흘리는 심장을 들고 나는 어디까지 갔다 왔나

지류에서 흘러와 의심이 가득한 의암호에는
끼룩끼룩 우는 것들 어깨하고 서걱이는 것들
인간의 제방을 흔들며 와글거리는 것들

바람 불고 물결은 갈대를 안고 들썩이다
너 혼자 사는 거 아니라고 낯빛을 바꾸는데
햇살 부신 강변에는 벗어놓은 신발 즐비하고

밥 말리를 듣는 목욕 시간

노 우먼, 노 크라이
노 우먼, 노 크라이

뜨거운 물에서 내게로 온기가 넘어온다
졸졸거리는 물소리는 음악으로 바뀌고
노래를 듣는 시간이라 해도 좋겠고
나를 사랑하는 시간이라 해도 되겠다

자메이카의 트렌치타운이나 여기 이곳
삼거리나 사거리 혹은 티브이 모니터에서
광장 밖 당신은 자꾸 허리를 굽혀 절을 한다
내 몸에서 식은 물로 다시 온기가 전해지는 사이
당신은 허리를 꺾지만 멱살을 잡고 휘둘러 왔지

이쪽에서 저쪽 가지로 참새가 옮겨 앉는 사이
노래는 깃털을 떨구고 나의 체온은 그렇게 나눠진다
당신과 나를 바로 보는 시간이라 하자 차라리
나의 때를 미는 시간이라 해도 되겠다

안녕하세요? 채플린 씨

우이동 무인 경전철은 신설동과 우이동 노선을 인공지능 센서와 자동항법장치로 달린다 퇴직 기관사인 안전 요원 채플린 씨가 아직은 무인 시스템 옆에 대기하지만 계기판과 신호를 시계처럼 바라볼 뿐 그에게 예외를 허용하지 않는다 삼십 년 경력의 채플린 씨는 소소한 보람은 없어도 이만한 일이 또 어디 있겠냐고 웃는다 승객 출입은 지갑까지 검색하는 기계가 대신한 지 오래다 출입문 장애로 운행 지연이 빈번하다지만 결코 멈추지 않는다 비상시 대피를 안내하는 그는 운전 보조일 뿐이다 현금입출금기 옆에서 청원경찰이 사용을 돕던 때가 있었다 그가 사라지는 데 이십 년 걸렸다 마트 자율 계산대는 불편하여 직원이 사용을 돕던 때가 오륙 년 전이다 업무가 그렇듯 처음부터 원활하지 않지만 궤도는 속도를 점점 높일 것이다 사람의 몸속까지 검색하는 병원도 그 몸속을 채우는 식당도 지금은 기계 옆에 사람이 보조한다 2018년 7월 5일 《한국일보》 인터넷 신문은 무인화의 역설을 보도한다

인공지능 기자가 썼을지 모를 일이다

반시대적 고찰

공감하면 죽을 수도 있겠구나
손가락이 잘린 프레스에
목덜미를 잡고 무덤 속으로 들어가는 컨베이어벨트에
육수가 끓고 있는 가마솥에

공감하면 죽을 수도 있겠구나
봄을 있는 대로 비트는 몸에
한숨에 들어와 돌고 돌아서 가래가 되고
콧물이 되고 오줌이 되어 나가는
내 안에 들끓는 계절에
나와 관계없이 나를 움직여 가는 것들에
더 이상 내가 아닌 꽃들에

공감하면 죽을 수도 있겠구나
우주 빅뱅을 계산해 숫자로 증명하듯
숫자로 존재 증명되는 세계에 내가 살아있다는 것에
보다 더 구체적인 것을 요구하는 세계에 그럼에도
어떤 크기나 깊이에도 반응하지 않는 경지에

아버지를 죽였습니다

어머니를 죽였습니다
아내를 죽였습니다
아직 아이들을 죽이지 못했습니다
머지않았습니다, 날이 밝기 전
아이들은 벌써 나를 죽였을 겁니다

수리를 기다리는 하루

가까운 산에서 내려온
주말이 시작되고
뻐꾸기가 한 번 울고 뜸을 들인 후
다시 우는 아침
한쪽 스피커로 나오는 음악을 듣는다

그녀가 오기로 한 지
일주일이 지나고 한 달이 지나고
계절은 바뀌고 이번 주말엔 올까 오지 않을까
반복하며 먼 곳을 지나는 주파수를
거의 잡았다 놓치는 라디오
그녀는 여전히 오지 않고
나의 심장은 그녀가 오는 쪽으로

편향된다 그녀가 오기 전
어떤 음악은 읽지 못하고
어떤 음악은 읽기도 한다
손거스러미 뜯으며 어깨는 기울어지고
나는 부정기적으로
끝장내고 싶은 미련을 다해 노을은

한쪽 더듬이가 잘린 개미처럼
방바닥을 돈다

기울어진 LP판의 리듬을 따라
머리를 깎고 목욕하고 손톱을 깎는다
붉어진 노을이 검은 월요일에
다시 태엽을 감는다

중세의 하루

불이 켜지자 오크는 차차 사람 얼굴에 가까워지고

죽어가는 병사는 죽어서야 자신이 왜 죽었는지 알까
추방당한 병사는 외계 생명체가 무엇인지 의문을 품는다
무섭게 파고드는 촉수는 인간과 연결되려는 게 아니었을까
죽지 않는다고 한들 무슨 소용인가 행성 밖을 떠도는데

스프링클러처럼 방광을 터뜨리는 롯데월드 시네마
어두운 던전dungeon 거대 미로를 어찌 나왔는지 모르겠고
롯데왕국 건너편 춘천 가는 8000번 버스를 기다리는데
성곽에서 퇴근하는 회사원들 빠르게 말달린다

외계 생명체는 밑도 끝도 없이 왕국의 인간을 공격하고
화살처럼 소모되는 일용직들 흔들리지 않는 단결만이 승리를 보장한다고
왕국의 기사장은 엄숙히 밝히지만 결국 정규직이 아니었다는 것
기어코 밝혀지는 외계 생명체의 비밀은

매일 새로움을 찾는 여기는 모험과 열정의 왕국

과거는 이야기를 만들고 미래도 이야기를 만든다
현재라고 왜 이야기를 만들지 않겠는가
애니메이션은 현재를 회피하는 건가 아니면 최대화하는 건가

아파트와 가로수는 어두워지다 서서히 페이드아웃되고

유성우

북극성은 아스라하지만 발아래는 이미
다른 이의 머리보다 높은 곳
을 향한 열망은 밝기만큼 뚜렷하다

초고층 아파트 성채에 입성한다 마침내
오늘 저녁은 별이 빛나는 밤이고
월세도 배고픔도 근거가 없어 보인다 내가 달려온
도로와 불빛도 저 아래 고요 속에 요약된다

수많은 낮의 결심으로부터 떨어져 박살 나는
촉촉이 되살아나 젖기 시작하는
이미 내 것이 아닌 푸른 잉크병
어제도 오늘도 있는 그대로 생을 어떻게 빛낼 것인가
저녁은 오래된 사랑과 가난의 동화에서 출발한 길

앞만 보았다는 말에는 어떤 힘이 응축되었나
해발 마흔다섯 한 층 한 층 오르며
모진 결의를 다졌던 것처럼 정말이지
조금의 주저함도 필요치 않았나

저 별은 어떤 결심으로 뭉친 것인가
침묵은 확신에서 오는 것인가
한 번은 떨어져야 태어나는 저것은
동화 속에서나 가능한 일

유리동물원 1

모두가 슬쩍 웃는 낯으로 모인 거실
누구의 글인지도 모를 난해한 병풍을 쳐놓고
새해 첫날 너의 무릎 앞에 가족을 모은다
음식을 올린다 홍동백서 좌포우혜 조율이시
뭘 어찌 놓아야 할지 모르는 아들에게
무엇을 만들어야 할지 모르는 며느리에게
뒤에서 넌지시 일러주는 자상한 어른
집안의 중심으로 불러 모은다 너는
가부좌를 하고
돌아가신 아버지도 할머니도 할아버지도
일 년에 몇 번씩 겸상하여 음식을 나누는
이승과 저승의 경계마저 허무는 너는 아니 당신은
늙으신 어머니의 말벗이기도 하고
어린 자녀의 춤과 노래 친구이며 언어 선생인
젊은 며느리에겐 훈육의 지침을 건네기도 하고
늙어가는 아내의 고민과 시기의 대상인
피보다 진한 이토록 강한 끌림을
가장인 나는 무어라고 불러야 하나
생의 긴 파노라마를 연출하는
저 넓은 우주를 무엇이라고 불러야 하나

누구에게나 골고루 던지는 복음의 메시지를
군림하지 않으며 군림하는 역설을
저항이 강렬해도 기어코는 돌려놓고야 마는
저 완곡한 설득력을 무어라 불러야 하나

내게 보험은 더 이상 필요 없다

GS25에 나는 매일 간다 거기서 얼마간의 위로 혹은 안심을 사곤 한다 눈 시린 불빛 아래 바코드 찍힌 외로움이나 고독은 냉장고에 진열되어 있다 자극적이지 않고 담백한 참치마요, 좀 더 자극이 필요하다면 고추장불고기, 혼자 뜨거움이 필요하다면 컵라면을 선택하면 된다 알다시피 그런 것들은 천 원이나 천오백 원쯤 하지만 원 플러스 원 행사도 하고 포스단말기는 내 고독의 이력을 맥주 한 캔으로 바꿔주기도 한다 이유 없는 두통에 펜잘을 고르듯 오천 원이나 육천 원쯤 하는 사골을 고아 만든 미역국이나 육개장 레토르트도 요긴하다 낮에 온 택배를 수령하고 양말을 새로 바꿔 신기도 한다 친구들이 가끔 애용한다는 죽음은 또 어떤가 위생용기에 잘 포장되어 진열되었다가 이십사 시간 유통기간이 지난 GS25시는 어쩌다 남은 생의 여분 나는 창밖 둘러싸인 어둠에서 공중의 말을 마주하곤 한다

웃는 사람*

너는 판매원이 아니라 코미디언이다
고객 앞에 서면 자판기처럼 터지는 웃음
바닥의 생존 게임에서 너는 오늘의 조커

세상을 뒤엎고 싶다는 헛된 소원보다
가면은 죄와 같아서 너는 얼굴을 고쳐야 한다
진심 살고 싶은 만큼 너는 입꼬릴 찢었나

정신병 상담을 받고 일자리 면접 보고
하늘과 연결된 계단을 올라가는 뒷모습
노숙의 수평선이 수직으로 솟는 유일한

계단은 낮에서 밤으로 끝없이 이어지지만
기도가 금기인 주식회사가 가르친 것은
웃어라 세상이 너와 함께 웃을 것이다**

오르기를 포기하니 기다렸다는 듯 터지는
뒷골목과 너는 어긋난 채 이어진 거라서
고독을 춤추며 내려와 복음을 전하는 것인데

* 영화 「조커」에서 빌려 왔음.

** 엘라 휠러 윌콕스Ella Wheeler Wilcox(1850-1919)의 시 「고독Solitude」에서 인용.

금붕어

참붕어나 먹붕어를 연못에서 키우던 것이 너의 역사
은비늘보다 너는 왜 돌연한 비늘을 키우게 되었나

먹빛에서 빨강이나 금색으로 자신을 바꾸고
너는 매운탕보다 관상용으로 사랑받아온 몸

중국인은 너의 붉은빛이 재물을 가져온다고 믿고
일본인은 너의 금빛이 행운을 불러온다고도 믿지

먹이를 절제하지 못해 배가 터진다고도 하는데
어쩌다 재물과 행운의 돌연변이가 되었나 너는

수면 위에 주둥이를 내밀고 무엇이든 먹으려 한다
황금 얼굴을 가지려는 너와 나의 식욕은 닮았다

제3부 세상에 없던 이야기

내 사랑

스노드롭 피는 열여섯의 시베리아
그이는 창가 뒤에 숨어 나를 보았어요

물오른 나무 위에 앉아 나는 꽃 피었고
담장 넘어 조련되는 꿀벌을 보았지요

리본을 매단 고양이는 심장을 할퀴고
호롱불 아래 숨결은 천 리를 달아났어요

아무도 사랑하지 않았고
아무도 유혹하지 않았어요

공주탑에 기대어
—뱀을 기다리며 2

아주아주 오래전 이야기랍니다
그래요 이건 신기한 이야기랍니다

뇌우가 그친 어느 맑은 봄날 아침
그대는 폭우가 데려온 것이 분명했습니다
무언가에 이끌려 피리를 불었을 뿐이지만
땅이 부르면 하늘이 답하듯
오래전부터 합을 맞춰온 선율

아주아주 오래전 이야기랍니다
이것은 세상에 없었던 이야기랍니다

한 번도 들은 적 없는 아름다운 일
다가가면 사라지는 신기루 같은 일
왕가王家의 언덕을 넘나드는 소문 같은 일
더 깊어지고 더 어두워지는 일
현을 따라 사람과 짐승이 심장을 바꾸는 일
이게 세상을 어지럽히는 소리인가요?

아주아주 오래전 이야기랍니다

상냥한 가슴에 가득한 이야기랍니다

애벌레와 꽃나무가 몸 바꾸는 일
아지랑이 따라 우는 그대의 해금
흩날리는 꽃잎도 다른 세상의 일 같은 거
꽃잎을 밀어내는 잎사귀의 힘 같은 거
결국에는 이승과 저승을 넘나드는 거

아주아주 오래전 이야기랍니다
일렁이는 물결에 의지한 마음이랍니다

상냥한 마음에서 추방당한 그대여
날 위한 일이니 미워하지 말라 하지요
별빛은 한꺼번에 사라져버리고
나와 상관없이 축포는 터져 눈물이 되어도
나 이미 그대 음률에 목멘 악기랍니다

새로 태어나고 싶어

너를 생각하며 잡초를 뽑다가
홀씨 다 날아간 민들레를 보았지
너의 무덤은 생각보다 크지 않았어
뽑아야 하나 말아야 하나 저만치서
엉겅퀴가 고개를 살래살래 흔들고
기분 좋은 까슬까슬함에 몇 번이고
맨손으로 쓰다듬었지 구름처럼
검붉은 피톨이 마구 몰려들었지

많은 걸 설명할수록 너의 형해는 사라졌으니
사랑을 더듬는 감각은 미궁에 지도를 만들고
눈 감은 어둠은 한 겹 한 겹 주름 옷 벗으며
붉은 탐험과 발견이 나를 이끌었지 마치
미지의 바람에 펄럭이는 깃발처럼 미끈한
서늘함에 등 대고 따스한 망각을 미끄러져
욕조는 얼마나 깊이 내려갔다 돌아왔던가

이어진 저승에서 민들레는 다시 필까
솟구치는 구름은 일렁이다 몸을 바꾸고
끊긴 바람을 이어 햇살이 풀려 나가네

이승과 저승 사이 긴장만큼
풀꽃은 새로 돋고

가시연

꽃대와 이파리가 말라버린 연이 있고
너는 연의 가시가 왜 돋는지 물었다

이제 부부란 말은 감정 없는 말 같아도
천 년쯤 묵은 가시연의 씨앗이라고나 할까

서로 던진 돌멩이를 안고 가라앉은 연못
소라 껍데기 속의 나와 고슴도치가 되는 너

은밀과 애틋이 만드는 속주름 있어
둘만 보던 밤의 얼굴에 미간을 재어보고
귓불과 귀밑머리를 만지는 햇살도 있었지

한때 연애는 몸이 먼저 나가더니
물결과 물결이 만드는 밤과 낮의 이랑이며
몇 걸음 앞서 걷는 마음의 세밀이여

내 비밀을 너의 등에 새기고 허무는 일
붉은 꽃을 손목에서 지우는 건 얼마나 힘든가

마음은 천지 사방 뛰어다니는데

지나간다

혁명처럼 쓸쓸한 바람은
한 여자의 집을 휩쓸고 지난다
문고리와 창문을 흔들며

그럴 수밖에 그럴 수밖에

사금파리가 별의 허벅지를 찌르고
나직나직 누군가를 호명하는 바람
여자는 음악을 크게 틀기도 한다
바람 소리는 더욱 커진다

그럴 수밖에 그럴 수밖에

여자는 담뱃재를 털어내고
손에서 반지를 빼내어 본다
여자를 가둔 건 바람이 아니다
담배 연기가 끊어질 듯 이어지고

그럴 수밖에 그럴 수밖에

너의 이름

부르고 나면 괜히
식욕이 부푸는 이름이 있지

뒤꿈치를 든 고가도로의 내공은
바퀴를 까마득한 햇살 속으로도
텅 빈 하늘로도 달리게 하고

허기 참 푸르다

분분한 햇발 속 낮은 지붕 앞에는
겨울 빨래를 너는 여인이 있고
푸른 하늘이 뚝뚝 떨어져 내린다
빙 둘러선 앵두나무 꽃 울타리
그녀를 가둔 뱀 허물 같고

그 인연을 벗고 사라지는
저 여인은 내 전생이었던가
전생의 사랑이었는가

윤사월 송홧가루 너울거리다 사라지고
사라지다 너울거리는데

외등
—은주에게

나 너를 기다리는 동안
저 어둠 속을 걸어 나와
제 마음만큼만 불 밝히는 외등
아래로 추위와 어깨를 두르고
떼거리로 몰려와
돌아가라 돌아가라 비웃는 어둠도
짱짱 발 굴러 쫓아보지만
너를 부르는 나의 입김
창밖을 떠돌다 혈관 속으로 밀려와

너는 닫힌 창 그 안으로
일렁이고 있었을까 문틈으로
빠져나온 불빛은 오랫동안
외등 저편 웅크린 어둠이다가
다시 골목을 떠도는 바람이다가
바람에 밀려 뒹구는 비닐봉지였다가
마침내는 타오르는 샛별
불 꺼지고도 오랫동안
더 기다리라는 외등의 귀엣말
그 후로도 오랫동안

꽃 피는 봄은 오겠는가

그대와 나 심연을 사이에 두고 십 년
그대의 나라에 내가 천 번 태어나도
하루에 천 한 번 그대는 나를 죽이지

그렇게 아네모네는 사월에서 오월로
한 발짝씩 피어나고 그 율동을 이어받아
염천에도 장미 그늘은 살 내음 넓혀 왔지

아무도 모르게 가을 오고 겨울이 와
들여다보지 말라던 문틈이거나
보아선 안 될 편지였는지
어디쯤에서 손을 놓고 돌아섰는지
그 문턱은 분명하지 않지만
나 그대 없는 모서리에 부딪치는 일 많아
자주 눈비 내리고 검게 멍들어 갔는데

그대가 들여다본 내 몸속 난장은
다른 이가 되어보고 남이고도 싶어 해
온통 꼬물거리는 구더기가 이미 알을 슬고
귀에 들릴락 말락 하게 "안녕"이라고

돌아서는 뒤꿈치 깨물려 다시 주저앉는데
심장은 한 입 두 입 물어뜯기는데

버드 세이버
—밤 선생님께

이런 걸 문안이라 할 수 있나?
화장실 앞에서 쓰러지신 밤 선생의 날갯죽지에
손을 넣어 잡아드렸다 의외로 가벼워 곧 날아가시겠다
무거운 깃털만 제자에게 남아 애써 지난 얘길 피하고
깎아 온 참외가 달다거나 고양이가 잡아 온 참새와
창문에 부딪친 새의 심장을 주물러 보냈다는 사모님
날아가는 새를 잡았다는 검은 고양이에게 꿀밤을 먹이고
야생조류보호협회에 송골매 그림 한 쌍을 신청했다
진중문고 납품용으로 출간한 어린왕자의 저자 증정본
속표지에 적어주신 '날마다 날마다'에 말을 잇지 못하고
여름의 시작이라고 곧 올라온다는 장마가 장미로 피어나고
다시 오겠다는 인사를 하고 다들 한참을
뒤뜰 다래나무 그늘에서 말없이 하늘만 본다
서리가 내리고 다래를 먹을 수 있을 것인지 가늠하는데
노을 지는 산 아래 성큼 다가온 밤의 보폭 속에서
힘겹게 산비둘기가 운다 멀리서 습기를 머금은
햇살을 받으며 금속성 표면을 차오르는 스무 살 강가
방황을 날개로 치환하는 까마귀의 비의秘義를 배우다
마침내 어둠은 선후배가 되어 간곡히 손잡아 흔들고
입안 가득 고인 울음을 마른침과 함께 삼키는데

제4부 벼룩이 나를 움직이지

예정조화설

내가 아닌 아버지가 아닌 선생님이 아닌 정치인이
아닌 대통령이 아닌 신이 나를 움직인다고 생각했어

아니야 사실은 벼룩이 나를 움직이지 왼발을 움직이고 오른발을 움직이지
생각해 봐 하고 싶지 않지만 뒤통수를 칠 때도 있잖아 그럼에도 하듯이

그럼 그 벼룩은 누가 움직이나 더 작은 벼룩이 움직이나

벼룩에게도 아버지가 있고 선생이 있듯이 세균이 있고 바이러스가 있어
광견병에 걸리면 나도 모르게 너를 물듯이

똥구멍이 너무 가려워 긁었던 손가락을 입에 넣었던 게 자유의지라면
참으로 조화로운 세상 아닌가

얼룩말

면접을 준비하는 딸에게
도와줄 게 기도밖에 없으므로
아내와 함께 밤새 기도드렸다

불면증에 걸렸다 아흔아홉 양들은
햇빛도 밤그림자도 남기지 않는
골방엔 둥근 눈알만 굴러다니고
굳은 믿음이 쇠창살을 만들었다

기도에 대한 응답으로
잉크 같은 양수를 쏟으며
어둠의 말 한 마리가 떨어졌다
몸에는 줄무늬가 새겨졌다
환자복인지 죄수복인지

초원을 잃은 발굽이
낙인을 찍으며 제자리서 뛰었다
급기야 너의 등 뒤에서

김복동은 증거한다

김복동은 증거한다
그가 썼던 안경이 증거하고
그가 격려받고 위로받던 편지가 증거하고
그를 협박하고 조롱한 편지가 증거하고
학생들과 함께했던 수요 집회가 증거한다
서울 종로구 중학동 주한 일본대사관이 증거하고
일본 대사는 들으라, 아베는 사죄하라! 는 분노가 증거하고
미국 뉴저지 해컨색의 카운티 법원 앞 '메모리얼 아일랜드'와 캘리포니아 글렌데일 시립 공원 공립 도서관 앞뜰, 뉴욕주 롱아일랜드 낫소카운티 아이젠하워공원 베테랑스 메모리얼, 버지니아주 페어팩스카운티 청사 안, 그리고 오스트레일리아 애시필드 연합교회, 중국 상하이 사범대학 원위안루 앞 교정에 설치된 평화의 소녀상과 앞으로 계속 세워질 모든 평화의 소녀상이
주한 일본대사관 앞에 설치된 평화비가
영어로는 Status of Peace, 일본어 慰安婦像, 우리말 평화비로 증거한다

나이 94살, 일본군 성 노예제 피해자
14살 소녀였다가 정신대였다가 종군 위안부였다가

일본군 위안부였다가 일본군 '위안부(피해자)'이었다가
일본군 성 노예제 피해자로 증거하기까지
집을 나서기 전 손을 씻고 머리카락을 빗질하고
옷매무새를 만지던 김복동이 증거한다
쉽게 곁을 주지 않았지만 자신을 올곧게 세우고
자신에게 엄격했기에 차분하고 굳건하게 증거한다
'김복동장학금'을 받은 학생들이 증거하고
그가 돌아다닌 세계의 비행기가 증거하고
그가 탔던 휠체어가 증거하고
먼저 가신 동료들을 대표해서
사죄를 받아야 할 피해자로 증거한다
'봄날은 간다'를 흥얼거리며
평범하게 살려고 했던 한 인간으로 증거한다
한쪽 눈은 실명하고 한쪽 눈으로 증거한다

1991년 8월 14일, 김학순은 최초로 피해 증언을 했다
"정신대 '위안부'로 고통받았던 내가 이렇게 시퍼렇게 살아 있는데 일본은 종군 '위안부'를 끌어간 사실이 없다고 하고 우리 정부는 모르겠다 하니 말이나 됩니까. 내가 눈을 감기 전에 한을 풀어 달라."

그들은 증언했으나 듣는 귀를 얻지 못했고
봄을 송두리째 빼앗기고 증거로만 남아
한쪽 눈으로 과거를 보았고 한쪽 눈으로 미래를 보았다
이 땅 위에 같은 전쟁이 나서는 안 된다고
같은 피해자가 생겨서는 안 된다고
희망 아닌 희망을 잡고 살겠다는 유언을
그들은 피해자로 증거한다
그들은 인권운동가로 증거한다
그들은 평화운동가로 증거한다

그게 뭐가 중요한데요

봄 하늘에 긴 한숨을 불어넣습니다
아침에 힘겹게 일어나 세수하고 밥 먹고
고등학생 딸 학교에 데려다주고 출근합니다

그래요 그게 뭐가 중요한데요

아침부터 저녁까지 작업장에서
떠나고 싶다고 떠날까 생각만 하고
밀리는 퇴근길에 대신 술을 마십니다

그니까 그게 뭐가 중요한데요

동료와 회식을 하고 어깨동무해도
풀리지 않는 이 억울함
당신은 나만큼 힘들지 않다는 거

그래요 그럼 그렇다고 하죠

세상 흔한 게 집인데 여전히 남의 집이고
밤을 덮어 누르는 이불은 두꺼워지고

맛을 모르는 밥은 꾸역꾸역 넘어가고

알았고요 그래서 뭐 어떻다고요

저기요 제 말은요 제발
아내여 딸아 어머니, 저는 외계인입니다
마음만 접수하려는 외계인이라고요

그래요 알겠고요 제발 좀

평화라는 말

아침이 와도 눈꺼풀을 억지로 들어 올리지 않아도 된다는 휴일 같은 말

당신 말에 동의하지 않는다고 토라지고 아니 화를 내고 아니 술잔을 던지고도

자, 이제 돌아갑시다 하면 어깨 두드리고 담에 봅시다 할 것 같은 말

전화로 이미 반죽을 만들어놓고도 집에서 보자는 아내의 통보에

초주검 낮빛으로 현관문을 열었건만 사람 살 거 같지 않은 고요 같은 말

드잡이하는 옆집에서 말 폭탄이 날아다니고 나도 조마조마하지만

전국에 무수한 기도 소리가 약발이 먹히든 아니든

그건 언제 끝날지 모르는 삶이 계속된다는 말

빗소릴 들으며 커피를 홀짝거리다 배 깔고 애니메이션 시리즈나 보고

떡볶이와 피자의 우연한 조화에 즐겁게 술잔 들던 야영 계곡의 물소리 같은 말

그 소리에 잔뜩 젖어서 오늘이 며칠이지 하고 묻는 말

냉정하게 더 이상 너는 안 되겠다며 덜 여문 도토리와 잎

사귀를 강제로 떨구는 갈참나무의 말

그것을 주워 든 너는 자연의 신비를 침 튀기며 얘기하고

그건 가만 있는 내게 침 뱉는 거 같다고 나는 못마땅해 하는 말

거실에 앉아 화장실 물 내려가는 소리를 들으며 듣는 창밖 소나기 지나가는 말

여름 그 밤 그 숲에 뭘 두고 온 것만 같고 이 밤이 지나고 또 새로운 세계로 포맷되어도

너는 살아남을 거라는 혀 갈라진 말 같고

열 명쯤 사는 동네

환경학자 도넬라 메도스는 일목요연한 이해를 위해 1,000명쯤 사는 마을을 우리가 사는 세계라 가정했다 그 중 584명은 아시아인, 123명은 아프리카인, 95명은 유럽인 등 마을 사람의 성별과 종교는 물론 에너지와 온갖 재화의 배분을 제시하며 소수의 사람이 재화와 에너지를 얼마나 낭비하고 그런 것이 얼마나 불공평한지 신문 칼럼으로 소개했다

칼럼을 읽은 일본의 한 교사는 이를 다시 100명이 사는 마을로 축소하여 학생과 학부모에게 학급 통신으로 보냈고 사람들은 열광했다 학급 통신에는 열거한 사실들로 네가 얼마나 행복한 사람인지 생각해 보라는 가르침이 보태어졌다

그의 축소술에 따르면 '재화와 에너지를 마을의 6명밖에 되지 않는 미국인이 59%나 차지하고 일본인과 한국인을 포함한 74명이 나머지 39%를 가졌으며 나머지 20명은 겨우 남은 2%의 재화와 에너지를 가지고 나누어 쓴다고, 전쟁으로 인한 죽음과 폭력, 무장단체로부터의 강간과 납치를 두려워하는 20명보다 당신은 축복받았으니 살아있는 지금이, 여기가 얼마나 큰 행복인가!'라고 주장했다

소박하게 한 열 명쯤 사는 그래서 서로가 알 듯한 동네

이웃을 나는 생각한다 그중 여섯 명은 무슨 회사인지 모르는 회사원이고 그중 한 명은 회사원인 농부이고 회사원인 기자이고 회사원인 변호사이고 회사원인 시인은 있을지 말지 하고……

다들 회사원으로 열심이고 내 식탁에 밥과 반찬은 누가 만들었는지 나는 누구인지 몰라도 잘 먹고 잘 살고

한없이 투명한

그러니까 어느 날부터였는지
나는 한없이 투명해졌나 보다
딸은 일찍 들어온 나를 보고
더 이상 놀라지 않고 집에 들어온 내게
아내는 말을 걸지 않는다
딸과 아내는 내 앞에서
지난 얘기처럼 내 얘기를 하고
말을 걸어도 돌아보거나 대답하지 않는다
반응하지 않는 거다 내가 한 약속처럼
딸과 아내의 다정한 대화를 들어보면
내 얘기를 나누는 것 같기도 하다
참 불행했던 사람이라고
한때 불 켜지면 숨는 바퀴벌레처럼
이제 더 이상 숨지 않는다
이봐, 밥 줘야지!
집달리가 집 안의 가재도구를 빼앗아 가듯
내가 아끼던 시계도 사라졌다
내 양말 어디 있어?
답이 없다 냄새도 없다
한없이 투명하다

끝나지 않을 질주

도시의 밤하늘로 우우 천둥이 몰려다녔다 습기 찬 지하방에 모인 친구는 꿈도 꾸지 못할 물무늬 사랑을 소리 죽여 얘기하고 앞날에 대한 전망으로 취직을 얘기하고 어눌한 외국어 실력으로 팝송을 들었다 어둠이 벽을 만들며 문밖에서 노크했다 하나둘씩 각자의 벽돌을 든 친구들은 호명되어 가고 남은 자들은 더욱 짙은 어둠에 등 돌려 술병을 쌓았다 투명한 빈 병 속으로 사랑마저 투과되었다

문을 나갔던 한 친구가 초췌하게 기어들었다 전기마저 끊긴 방 안에선 눈물처럼 촛농이 떨어지고 어둠에 찢긴 친구는 가슴에 뚫린 구멍으로 찬바람을 토하고 그가 들고 나갔던 벽돌은 부서졌고 힘이 없어 보였다 친구가 간신히 입을 열어 유언 비슷한 말을 할 무렵 건장한 어둠이 또다시 그를 끌고 갔다 술병을 움켜잡던 친구도 있었으나 아무도 목 놓아 대들지 못했다 남은 몇몇도 그를 대신할 그 누구이므로

원체 힘이 없었다 또 하나의 허물어진 육체가 있을 뿐이다 불면 속으로 어둠의 머리채가 틈입하였다 육체를 이리저리 끌고 다니다 방문을 열면 곱게 포장되어 추방되었다

이것은 과거의 일 그러나 현재의 일 그리고 유전되는 일

이 난을 어찌할 것인가

친구들이 쾌유를 빈다고 보내왔다

너는 화분을 창턱 아래 내려놓으라 했다
오래전 진급 때 들어온 난을 몸에 받아 키웠더니
추위는 견디고 꽃을 피워도 햇살은 견디지 못하더라고
밀리고 밀려 복도에 책상 하나 놓고도 버텨왔고
대출 원금에 이자에 이자까지 갚고 살아왔는데
어디 너만 그러겠냐고 잘나가면 다 그렇다고
나이 쉰 넘어 그만하면 쉬라는 거라고 위로하는데
이자 때문에 못 낸 술값 내겠다던 때가 작년인가
언제 다시 소주 한잔 사겠냐고 희미하게 웃었지
은행에 저당 잡힌 생은 다 살았다고 환했는데
막내딸 학비만 어찌하면 되겠다고 했는데

너는 햇살 잘 드는 병실에 누웠는가

생일

당시에는 선택지가 그리 많지 않았다 산과 들은 여름임에도
갈풀과 싸리와 개암나무는 낫에 잘리고 작두에 잘려
풀내가 삭을 때까지 두엄 더미 옆에 쌓였다가 사라졌다
바랭이나 질경이 소리쟁이는 그나마 풀어놓은 소에 먹혔다
근면과 광기로 무장한 4H 회원과 새마을 덕분이었다
산과 나무도 운명이 크게 다르지 않았다
거기 살았던 너구리나 여우 고라니 멧돼지 삵도 일찌감치
사라진 호랑이의 전례를 따랐다 냇가라고 다르지 않아
티엔티를 터트리고 그라목손을 풀었으나 거품만 올라왔다
산림 감시와 가족 계획 속에서도 가족은 태어나고 번성했다

가족 이름으로

돈 꼴레오네에서 마이클로 돈과 권력이 넘어가는
영화 「대부」는 이태리 이민자의 미국 정착기를 보여 준다
마피아인 비토는 같은 이민자의 편의를 봐주고
그 대가로 돈을 챙기며 냉혹한 돈 꼴레오네가 되었다
청탁의 대가로 존경심을 받고 경쟁자의 심장을 벌집 내지만
어둠의 비즈니스에도 마약에는 손을 대지 않는다
그게 가족을 지키는 길이라고 믿었다

자신의 안위를 위해 영조는 여러 파당 인재를 등용했지만
대신 아들 사도세자를 뒤주 속 여름에 가둬 굶겨 죽였다
이어 손자 산祘을 세자로 앉히고 망각 교육 시켰다고 알려졌다
일찍 아버지를 잃고 왕을 상속받은 산은 죽어 정조가 되었다
그는 잊힌 아버지의 무덤을 다시 만들고 화성을 쌓았다

경춘 공원 신서원 좌 6-4는 아버지의 주소
그의 이름으로 매년 관리비가 납부되었고
공원 직원은 웃자란 잔디를 깎고 잡초를 뽑았다
그렇게 내게 영원히 납부해야 할 죽음을 남겨 주었지만
그는 생전에 군사정권 편의를 봐주었고
마을 사람의 민원 들어주는 것으로 최고의 이장이요 통장

이었음을

썩지 않고 지워지지 않는 석조 기념패는 증거한다

중국 윈난(雲南)의 린창(臨滄)은 차나무의 고향

삼천이백 년 야생 차나무 진시우차주(錦秀茶祖)가 아직 살아 이파리를 키운다

마을에는 티베트고원에서 발원한 란창(瀾滄)강이 흐르고

중국을 벗어나면 메콩강으로 불리며 라오스와 미얀마, 태국을 거쳐

캄보디아 베트남을 먹여 살리는 젖줄이 된다

춘천 중도中島

거꾸로 서야 보인다 너는
물구나무 숲 가득한 호수의 섬

스스로 뿌리를 자르고 행복한가
해 뜨는 곳으로 머리를 둔 돌무덤들
꿀벌이 열어보이는 청동기 도시의 환호環濠
돌무지를 들어내면 대롱구슬이 햇살을 빨아들이고
녹이 깊은 청동 귀고리 주인은 어느 성좌에 빛났던가
간돌검에 비파형동검과 청동 도끼에 이르기까지

무거운 안개 한 페이지가 어물쩍 넘어
가고 계약은 구름을 부풀리기도 하며
아름다워라 세상 맞은편 하늘가에 그림자
드리우다 마침내는 어두워져서 천둥과 번개가
수백만 개의 질책을 펼쳐 들기도 하지만
플라스틱과 가시박이 점령한 공사장은 굳건하고

포클레인과 덤프트럭 오가는 소음 속에
이리저리 떠돌다가 귀가하는 어린 참새들
시위하듯 내지르는 함성에 터지는 강 건너 불빛들

미세 플라스틱은 밤하늘로 올라가고
북극성 왼편 산 것도 죽은 것도 아닌 자리
환영으로 완성되는 레고 별자리

거꾸로 서야만 보인다 너는
물구나무 숲으로 가득한 호수의 섬

아름다운 세상

개구리 울음 가득하던 별밤
소쩍새의 날갯짓으로 일순
정적이 절정을 이룰 때
그럼에도 아무 일 없다는 듯
개구리가 다시 별을 노래할 때
유성 하나 떨어지지 않고
그러고도 별이 반짝일 때

어머니가 내 죄업을 뒤집어쓸 때
마치 그것이 아름다운 종교가 될 때
형제여 자매여, 라고 속삭일 때
한민족이라고 속삭일 때
당신의 귓불을 간질이며 사랑한다고
사랑한다고 속삭일 때

당장 아이들은 아사 직전인데
밥그릇부터 넓혀야 한다고 침 튀길 때
밤낮으로 바늘구멍을 파는 아이들에게
희망을 말할 때
강도에게 칼을 맞아도 업보라고 눈을 감을 때

바다 밑 아이들의 컴컴한 절규에 손톱이 빠져도
아이들은 가슴에 묻는 거라며 인양을 포기할 때
책임질 자들은 귀머거리를 흉내 내고
오히려 승냥이처럼 부모 가슴을 할퀴려 들어도
장님 흉내 벙어리 흉내 석고상 흉내를 낼 때

혼자 있어도 더 이상 외롭지 않을 때

천사의 나팔

청개구리 나발 불고 소낙비 그친 저녁은 여름
치정과 복수에 이어 흙냄새를 전염시키는 세간이여

그대에게 용서를 구할 시간이다 나팔 소리와 함께
사도가 이끌고 당도하는 천국의 때깔과 향기

마감 기사와 저녁 식사를 함께 해결하는 오늘
내 오랜 절망도 결국 행복으로 끝나리란 속삭임

평화로운 꽃말이 황량하게 젖고 있는 식당
한때 무덤덤했던 평화는 태풍의 전주

접시에 내놓은 사과가 저녁 공기에 색이 변하는 동안
지상에는 초록이 하늘에는 새로운 구름이 점령하고

어제 죄를 진 내가 오늘의 내가 아니더라도
내일은 오지 않을 것 같다는 묵시의 하늘

눈꺼풀을 감지 마라 다시 나팔 소리 울리고
다 쓸고 갈 거다 초록과 구름이 대홍수처럼

노을이 지고 심판이 오는데
이마 위에는 사금파리 시퍼렇게 빛나고

늑대사나이

넓고 넓은 동물원에서는
인기가 많거나 적게 먹거나
좀 더 살아남으려
영어를 배우고 방긋거리고
무한 긍정 에너지를 끌어모으고
내가 누구인지도 몰랐는데

일을 마치고 술을 마시다
집에 돌아가다
표범 무늬 속옷을 입은 약사에게 얻는 한 알로
밤하늘을 컹컹 짖는다
사육사에게는 못 하고
아내에게는 못 하고 아이들에게는 못 하고
스스로 웃지 못한다 울지도 못한다

사무실 창밖을 보다가
멀거니 희미한 달을 보다가 그만
울컥
창밖 낭떠러지에는 못 하고
어두운 허공에 가로등이나 올려다보다

울컥

수컷이 치민다 치민 척한다

낮에는 거세육처럼 한없이 부드러웠지만

수컷인지도 모르던 것이 그만 울컥

밑으로부터 해방되듯 울컥

솟는다 솟는 척한다

역병

어린 딸이 응가를 한 지 오래되었나 보다
가방을 뒤지는데 전화가 왔다
나는 지금 기저귀를 가는 중이라고 했다
비릿한 직장의 사장이었다
그가 뭐라고 했는지 기억에 없다
그러는 동안 어린 딸이 사라지고
없다 시소처럼 이리 뛰고 저리 뛰며 찾아도

그때 이번 선거에 나간다는 정치인이 다가왔다
요즘 별일 없죠? 하하! 뭐든 제가 돕겠습니다
나는 지금 아이를 찾고 있는 중이라고 했다
그럼 바쁘시니 손을 내밀며 악수를 청했다
마지못해 손을 흔들었더니 그의 의수가 빠지고

전화벨은 다시 울리는데 전화기를
고등어가 먹고 고등어를 갈치가 먹었다
하수구 냄새가 올라오는 맨홀뚜껑 구멍에서
나는 구멍을 빠져나가는 갈치를 잡았다 손이 베이고
피범벅으로 고등어를 끄집어내고 다시 손을 넣어
내장에서 전화기를 끄집어냈다 소화가 되다 만

기저귀 가방엔 썩은 생선만 가득하다

해 설

늑대사나이의 울음

차성환(시인, 문학박사)

한승태 시인은 도시의 타락한 삶을 살아가는 생활인의 설움을 노래하면서 자신의 비루한 삶 너머에 감춰진 존재의 근원을 탐구한다. 현대인은 생生의 에너지로 충만한 자연으로부터 멀어짐과 동시에 인간의 고귀한 가치를 잃어버리고 자본주의 체제를 지탱하는 성곽인 도시의 한 부속품으로 전락하게 된다. 자기 존재의 근원과 뿌리를 잃어버린 채 타성에 젖어 살아가는 우리의 삶은 한없이 무력하고 비참하다. 시인은 무한 경쟁을 부추기고 자본과 성장의 가치만을 역설하는 자본주의의 한복판에서 몸과 마음이 병든 채 무기력하게 놓인 자신을 발견한다. 자기 존재의 근원을 망각하고 도시의 속도에 휩쓸리듯이 살아온 삶을 되돌아본다. 도시에 갇혀 살아가는 삶의 방식에 환멸을 느끼고 존재의 각

성覺醒을 촉구하는 것이다. 그것은 죽은 삶이다. 이러한 자각은 시인의 구체적인 삶의 경험을 통해 제시된다. 『사소한 구원』에는 우리 시대의 가장이자 도시 생활인이 겪을 수밖에 없는 서글픔과 애환이 실감나게 형상화되어 있다. 자신도 모르는 사이에 어느 순간 도시의 타락한 삶을 받아들이고 살아가는 자의 슬픔. 여기서 우리는 늦은 밤에 서글프게 들려오는 한 늑대사나이의 울음과 마주하게 된다.

넓고 넓은 동물원에서는
인기가 많거나 적게 먹거나
좀 더 살아남으려
영어를 배우고 방긋거리고
무한 긍정 에너지를 끌어모으고
내가 누구인지도 몰랐는데

일을 마치고 술을 마시다
집에 돌아가다
표범 무늬 속옷을 입은 약사에게 얻는 한 알로
밤하늘을 컹컹 짖는다
사육사에게는 못 하고
아내에게는 못 하고 아이들에게는 못 하고
스스로 웃지 못한다 울지도 못한다

사무실 창밖을 보다가

멀거니 희미한 달을 보다가 그만
울컥
창밖 낭떠러지에는 못 하고
어두운 허공에 가로등이나 올려다보다
울컥
수컷이 치민다 치민 척한다
낮에는 거세육처럼 한없이 부드러웠지만
수컷인지도 모르던 것이 그만 울컥
밑으로부터 해방되듯 울컥
솟는다 솟는 척한다

—「늑대사나이」 전문

'나'는 "넓고 넓은 동물원"과 같은 도시에서 어떻게든지 "좀 더 살아남으려/ 영어를 배우고 방긋거리고/ 무한 긍정 에너지를 끌어모"으는 사람이다. 평상시처럼 "일을 마치고 술을 마시다/ 집에 돌아가다"가 아마도 혹사당하는 몸 때문인지 약국에 들른 모양이다. "표범 무늬 속옷을 입은 약사"에게 약을 받아먹은 후에 '나'는 "밤하늘"을 바라보며 "컹컹 짖"게 된다. 약의 효과 때문인지 가슴 깊이 억눌려 있던 야생성이 순간 해방된 것이다. 하지만 그 야생성은 완벽히 해방된 것이 아니다. "늑대사나이"의 울음은 대자연 속에서 볼 수 있는 거친 야생의 울부짖음이 아니라 "동물원" 안에서 순치된 늑대가 짖는 것처럼 "컹컹"거리며 애처롭게 입에서 새어 나오는 수준이다. 늦은 밤 "사무실 창밖"의 "멀거니 희미한 달"을 보면서 갑자기 "울컥", 울음이 터지듯이 짖는 것이기 때문이다. '나'는 자신을 관리하는 상사인 "사육사"나 집에 있는 "아내"와 "아이들"에게는 짖지 못하고 "어두운 허공에 가로등이나 올려다"보며 짖는다. 짖기보다는 서러움이 몰아쳐 우는 것에 가깝다. 스스로 웃거나 울지도 못할 정도로 감정을 조절할 수 없게 된 '나'는 어떻게 된 것일까. '나'에게 무슨 일이 벌어졌던 것일까. 집에서는 가장으로, 직장에서는 회사원으로 정신없이 살아온 '나'는 어느 날 문득 자신의 비루한 삶을 깨닫게 된다. 자본주의 시대의 무한 경쟁 구도 속에서 "내가 누구인지도" 모른 채 정신없이 살아왔던 자신의 삶을 자각하게 되는 것이다. "멀거니 희미한 달"이라는 표현은 밝고 선명한 보름달이 아니라 도시의 매연과 흐릿한 시야로 암울한 시대를 살아가야만 하는 '나'의 상황을 암시해 준다. "수컷" '늑대'라는 자기 본연의 야생성을 잃어버리고 거세당한 고깃덩어리처럼 살아가는 '나'는 괴로울 수밖에 없다. '나'는 계속 스스로에게 질문을 할 것이다. '나'는 대체 누구인가. 도대체 어디서부터 잘못된 것인가. "피 흘리는 심장을 들고 나는 어디까지 갔다 왔나"(「호수는 낯빛을 바꾸고」). "늑대사나이"는 그렇게 늦은 밤 불 켜진 "사무실"을 지키면서 혼자 울음을 삭힌다. "늑대사나이"는 우리 시대 아버지들의 자화상이 아닐까. "동물원"으로 설정된 도시에 "표범 무늬 속옷을 입은 약사"가 나오고 "늑대사나이"가 혼자 애처롭게 우는 장면은 희극적이면서도 마냥 웃을 수만은 없는 씁쓸함을 느끼게 한다. 그의 시에는 생활인의 페이소스pathos가 짙게 묻어있다. "늑대사나이"는 도시의 한복판에서 고독하고 외롭게, 쓸쓸하고 서글프게 자신이 걸어온 길을 되돌아본다.

그러니까 어느 날부터였는지
나는 한없이 투명해졌나 보다
딸은 일찍 들어온 나를 보고
더 이상 놀라지 않고 집에 들어온 내게
아내는 말을 걸지 않는다
딸과 아내는 내 앞에서
지난 얘기처럼 내 얘기를 하고
말을 걸어도 돌아보거나 대답하지 않는다
반응하지 않는 거다 내가 한 약속처럼
딸과 아내의 다정한 대화를 들어보면
내 얘기를 나누는 것 같기도 하다
참 불행했던 사람이라고
한때 불 켜지면 숨는 바퀴벌레처럼
이제 더 이상 숨지 않는다
이봐, 밥 줘야지!
집달리가 집 안의 가재도구를 빼앗아 가듯
내가 아끼던 시계도 사라졌다
내 양말 어디 있어?
답이 없다 냄새도 없다
한없이 투명하다

—「한없이 투명한」 전문

"표범 무늬 속옷을 입은 약사"에게 약을 받아먹고 난 이후의 일일까. 여기 한없이 투명한 인간이 있다. "어느 날부터" "집에 들어온 내게" 가족들은 "말을 걸지 않는다". 어쩌다 집에 "일찍 들어"와도 "딸과 아내"는 과거의 '나'에 대해서 "얘기를 하고/ 말을 걸어도 돌아보거나 대답하지 않는다". 한 가정의 남편이자 아버지인 '나'는 "딸과 아내의 다정한 대화" 속에서 "참 불행했던 사람"으로 기억된다. '나' 또한 스스로 "한때 불 켜지면 숨는 바퀴벌레처럼" 살았다는 것을 인정한다. 가족과의 대화가 불가능한 '나'가 할 수 있는 것은 "이봐, 밥 줘야지!" 하고 소리치는 것밖에는 없다. '나'는 마치 죽은 사람처럼 가족들의 기억 속에만 남아있고 집에는 "집달리"(집행관)가 다녀간 듯 자신이 "아끼던 시계도" "양말"도 "냄새도" 사라지고 없다. '나'는 진짜 죽어 귀신이나 유령이 된 것일까. 시 「한없이 투명한」은 "딸과 아내"에게 투명 인간 취급을 당하는 '나'의 모습을 통해 지금 시대에 가족과 소통하지 못하는 가장에 대한 시니컬한 풍자를 보여 주고 있다. 심지어는 "아내여 딸아 어머니, 저는 외계인입니다"(「그게 뭐가 중요한데요」)라면서 스스로를 '외계인'으로 지칭하기도 한다. 소통과 교감을 하지 못하는 '나'는 정말 "답이 없다".

늑대사나이와 투명 인간이라니. 이쯤 되면 도시 괴담에 가깝다. '나'는 이 "동물원"과 같은 세상에 적응해서 살아가다가 어느 날 문득 자신의 모습을 보고 놀라게 된다. 이처럼 기이하고 낯선, 이질적인 '나'는 어디서 튀어나왔을까.

남들과 별 다를 바 없이 평범하게 살아온 가장이었지만 '나'의 존재는 조금씩 균열을 드러낸다. 이 '변신'의 이유를 찾기 위해 우리는 그의 출생의 비밀을 들여다봐야 한다. 그것은 '나'의 출발점이자 근원을 향해 더듬어 올라가면서 내 안에서 잃어버린 무언가를 되찾는 작업이다.

산 높고 골 깊어 우물 같은 곳
임란 때도 목숨은 살 수 있다고
어진 백성이 숨어들던 갑둔이나 귀둔
더 이상 꼴 보기 싫으니 내 눈에 띄지 말라고
유배 보내는 강원 산간 하고도 마가리
동학 전쟁 때 야반도주로 숨어든
내촌 백우산 아래 나의 씨족들이나
나의 씨족보다 먼저 온 마의태자나
고려 적 폐족들이 성을 바꾸고 숨어 산다는 곳
주먹으로 받은 추위를 견디기 위해
불씨 하나씩 가슴골에 품고
나무 하나하나에 말이나 붙이고 살아왔거니
혼잣말 일구어온 이깔나무나 떡갈나무들

인정을 찾아 먹을 것을 찾아 헤매 돌았다는
벌거벗은 조상은 어쩌다 혹한과 척박의 땅에 정착했는가
순록처럼 두터운 털도 곰처럼 긴 동면도 없이
농사지을 땅도 없어

돌이나 줍고 불에 불을 놓아 개간했던 마음
나도 너희들은 보기 싫다고
너희가 가지 않는 곳이니 나라도 가서 살겠노라고
사람이 미워서인가
살고 싶어서인가
사랑하고 싶어서인가
나타샤와 백석이 마가리로 간 것이나
산골을 걷는 것은
기도하는 거나 마찬가지
그렇게 새소리를 따라 걷는 것은
칠성의 마음이나 헤아려보는 것

—「북리北里」 전문

시인은 자신의 핏줄이 어디에서 비롯되었는지 그 근원을 추적해 간다. 이 시의 제목인 "북리北里"는 "동학 전쟁 때 야반도주로 숨어든" "나의 씨족들"이 터를 잡고 살아온, 실제 강원도에 있는 "내촌 백우산 아래"를 가리키는 말인 듯하다. 그곳은 "산 높고 골 깊어 우물 같은 곳"으로 인간 세상과는 어느 정도 격리된 깊은 산골이다. "북리北里"는 역사적으로 통일신라가 고려에 항복하는 것을 반대한 "마의태자"와 "폐족들이 성을 바꾸고 숨어" 산 곳이고 "임란 때도 목숨"을 구하기 위해 "어진 백성이 숨어들"기도 한 곳이며 임금이 "꼴 보기 싫"은 신하를 "유배 보내"던 곳이다. 그곳에 모여든 사람들은 자의반 타의반 하나같이 세상으로부터 떠밀려

온 자들이다. "인정을 찾아 먹을 것을 찾아 헤매"다가 "농사 지을 땅도 없"는 이 "혹한과 척박의 땅에 정착"해서 살아온 자들이다. 억울함을 하소연하듯이 "나무 하나하나에 말이나 붙이"면서 "돌이나 줍고 불에 불을 놓아 개간"하는 화전민火田民의 삶으로 생계를 겨우 연명해 왔던 것이다. 그들은 삶의 터전을 잃고 "산골"로 쫓기다시피 들어왔지만 결코 절망하지 않고 척박한 그곳에 뿌리를 내려 자신들의 삶을 영위해간다. 그들이 "산골"에서 사는 이유는 "사람이 미워서" 혹은 "살고 싶어서"일 수도 있고 삶을 "사랑하고 싶어서"일 수도 있다. 무엇보다도 중요한 사실은 그들이 자신의 "가슴골"에 "불씨 하나씩"을 소중히 품고 있다는 것이다. 잘못된 세상을 향해 '아니라'고 말할 수 있는, 자기 신념을 굽히지 않는 절개節槪. 자신과 가족의 삶을 지키기 위해 혹독한 시간을 견뎌내는 생生의 강렬한 의지. "불씨"는 인간이기에 가져야 할 뜨거운 마음이다. 그러기에 선조들의 피땀과 정신이 서려있는 이 "산골을 걷는 것은/ 기도하는 거나 마찬가지"이며 "산골"의 자연의 속에서 "새소리를 따라 걷는 것은" 인간 세계와 우주를 관장하는 오묘한 "칠성의 마음이나 헤아려보는 것"과 같은 일이 된다. 백석의 시 「나와 나타샤와 흰 당나귀」에서 "산골로 가는 것은 세상한테 지는 것이 아니다/ 세상 같은 건 더러워 버리는 것이다"라는 시구처럼 "나타샤와 백석이 마가리로 간 것"은 세상으로부터 지키고자 했던 어떤 것이 있었기 때문이다. 시인에게는 더러운 세상으로부터 순수함을 훼손당하지 않으려는 의지가 있다. 시인은 자신의 근원을 "북리北里"라는, 척박하지만 순수한 자연의 "산골"에서 찾는다. 그곳에서 자신의 가슴속에 숨어 있던, 작은 "불씨"를 발견한다.

> 당시에는 선택지가 그리 많지 않았다 산과 들은 여름임에도
> 갈풀과 싸리와 개암나무는 낫에 잘리고 작두에 잘려
> 풀내가 삭을 때까지 두엄 더미 옆에 쌓였다가 사라졌다
> 바랭이나 질경이 소리쟁이는 그나마 풀어놓은 소에 먹혔다
> 근면과 광기로 무장한 4H 회원과 새마을 덕분이었다
> 산과 나무도 운명이 크게 다르지 않았다
> 거기 살았던 너구리나 여우 고라니 멧돼지 삵도 일찌감치
> 사라진 호랑이의 전례를 따랐다 냇가라고 다르지 않아
> 티엔티를 터트리고 그라목손을 풀었으나 거품만 올라왔다
> 산림 감시와 가족 계획 속에서도 가족은 태어나고 번성했다
>
> ―「생일」 전문

시인은 자신의 '생일'을 이렇게 기억한다. 1970년대 군사정권의 유신체제하에서 "근면과 광기로 무장한 4H 회원과 새마을"운동은 농촌 지역을 중심으로 활발하게 전개된다. 이는 결과적으로 조국 근대화와 경제 발전의 초석이 되지만 무분별한 자연 개발에 따른 문제점 또한 생길 수밖에 없었다. 자연을 공존이 아닌 산업화에 필요한 자원으로만 대하

면서 "갈풀과 싸리와 개암나무는 낫에 잘리고" "산과 들"에 살던 "너구리나 여우 고라니 멧돼지 삶"은 점차 자취를 감춘다. "냇가"에서도 "티엔티를 터트리고 그라목손을 풀"어 자연의 순수함은 파괴되고 불길한 "거품"만 올라오는 것이다. 시인은 "선택지가 그리 많지 않았"던 이러한 시대 상황과 당시 정부의 엄중한 "산림 감시와 가족 계획 속에서" 태어나고 자란 것으로 보인다. 그것은 행복한 유년의 기억으로 들리지 않는다. 산업화와 고속 성장에 따른 사회적 분위기에 뒤처지지 않기 위해서는 "근면과 광기로 무장"해야지만 겨우 살아남을 수 있었을 것이다. 경쟁 구도 속에서 밀려나거나 도태되지 않기 위해서 안간힘을 다해 버텨야 했을 것이다. 그 무한 경쟁 속에서 고향의 자연은 더 이상 "가족"을 지켜주지 않는다. 그렇기에 어머니는 가족이 대대로 터를 잡았던 고향의 자연을 떠나 "자식 학교 따라 도시 근교에서/ 여섯을 키"울 수밖에 없었다. 어머니는 "봄부터/ 열무며 파를 묶고 옥수수를 쪄 날랐고/ 겨울에는 만두를 빚어 집집마다 머리에 이고 돌"아 다니는 보따리 장사로 자식 여섯을 키운다. "깊은 산속에서 몇 달씩/ 생쌀을 씹으며 기도했"던 "진언을 외던 외할아버지"와 마찬가지로 이를 뒤이어 "해마다" "두어 번 산에 올라 치성을 드렸"(「치성」)던 어머니는 이제 기억 속에만 남아있다. 그리고 시인도 어느덧 성인이 되어 가족을 꾸리고 살아간다. 자신의 근원이자 뿌리로부터 멀리 떨어진 도시의 삶은 어떤 모습일까.

북극성은 아스라하지만 발아래는 이미
다른 이의 머리보다 높은 곳
을 향한 열망은 밝기만큼 뚜렷하다

초고층 아파트 성채에 입성한다 마침내
오늘 저녁은 별이 빛나는 밤이고
월세도 배고픔도 근거가 없어 보인다 내가 달려온
도로와 불빛도 저 아래 고요 속에 요약된다

수많은 낮의 결심으로부터 떨어져 박살 나는
촉촉이 되살아나 젖기 시작하는
이미 내 것이 아닌 푸른 잉크병
어제도 오늘도 있는 그대로 생을 어떻게 빛낼 것인가
저녁은 오래된 사랑과 가난의 동화에서 출발한 길

앞만 보았다는 말에는 어떤 힘이 응축되었나
해발 마흔다섯 한 층 한 층 오르며
모진 결의를 다졌던 것처럼 정말이지
조금의 주저함도 필요치 않았나

저 별은 어떤 결심으로 뭉친 것인가
침묵은 확신에서 오는 것인가
한 번은 떨어져야 태어나는 저것은
동화 속에서나 가능한 일

—「유성우」 전문

우리는 도시의 한 고층 아파트에서 다시 "늑대사나이"를 만나게 된다. "산골"을 걸으면서 "칠성의 마음"(「북리北里」)을 헤아리던 '나'는 "초고층 아파트 성채에 입성"한 것이다. 이곳은 "다른 이의 머리보다 높은 곳"으로 모두들 이 높은 곳까지 오르기 위한 자본주의적 "열망"으로 가득 차있다. "산골"에서 칠성七星을 바라보며 신께 정성을 다해 치성致誠을 드리던 시절의 이야기는 옛말이다. "북극성"은 도시의 매연으로 "아스라하"게 별빛도 잘 보이지 않으며 사람들은 이제 "북극성"이 아닌 "초고층 아파트 성채"라는 "높은 곳"을 바라본다. 이 도시의 불빛들은 모두 권력과 돈으로 환산되는 더 높은 곳을 향한 욕망의 불빛인 것이다. 이 세계는 "숫자로 존재 증명되는 세계"(「반시대적 고찰」)로 더 많은 '숫자'를 차지하기 위해 "바닥의 생존 게임"(「웃는 사람」)을 벌인다. '나'는 모두가 원하고 바라는 "초고층 아파트 성채에 입성"했지만 무언가 모를 허탈감을 느낀다. 이곳에 들어서기 위해 "앞만 보"고 숨 가쁘게 "달려온/ 도로와 불빛"이 머릿속에 주마등처럼 스쳐 지나간다. 이제는 지난 시절의 "월세도 배고픔도 근거가 없어 보"이고 "초고층 아파트"로 대변되는, 돈으로 보장된 안락한 삶이 펼쳐져 있지만 '나'는 어떤 극심한 허무를 느끼게 된다. "초고층 아파트"에 안착하기 위해 "해발 마흔다섯 한 층 한 층 오르"면서 다짐했던 "모진 결의"가 과연 옳은 것이었는지, "조금의 주저함"이 필요하진 않았는지, 자신이 걸어온 길에 대해서 의심하는 것이다. 자본주의 시대에 성공한 삶이라고 할 수 있는 "초고층 아파트 성채"를 얻었지만 그 와중에 소중한 무언가가 '나'에게서 빠져나간 것 같다는 느낌에 사로잡히게 된 것이다. 등 떠밀리듯이 악착같이 살아온 '나'의 삶이 이뤄놓은 것들은 무엇인가. 어느 날 정신을 차려보니, "초고층 아파트 성채"에 앉아 욕망으로 이글대는 도시의 불빛을 바라보며 외로움과 허무에 빠져 있는 자기 자신을 발견하게 된다. '나'는 가짜와 허위로 이루어진, 자본주의적 환영에 물든 거짓된 삶 속에서 살아왔다는 것을 깨닫는다. '나'는 진정한 '나'의 삶을 잃어버렸다. '나'는 문득 "어떤 결심으로 뭉친" 별똥별을 바라보게 된다. 밤하늘에서 지상으로 추락하는 듯이 보이는 "유성우"는 "초고층 아파트"라는 안락함을 지향하는 삶을 거부하고 자본주의 시스템으로부터 탈주하는 자의 모습과 닮아있다. 그러나 그것은 죽음으로서만 가능한 이룰 수 없는 꿈이다. '나'는 이러한 도시의 삶을 벗어나 다른 삶의 궤적을 만들어내는 것은 "동화 속에서나 가능한 일"이라며 비관적인 모습을 보인다. 낮고 누추하지만 생生의 에너지가 충만한 "산골"의 세계와 높고 화려하지만 허무와 피로로 가득한 "초고층 아파트"의 세계의 낙차가 현기증을 불러일으킨다. "초고층 아파트 성채"에 앉아 피로와 권태와 허무에 빠진 도시인의 모습은 쓸쓸하기 그지없다.

"초고층 아파트 성채"가 우뚝 서있는 도시에는 "안드로이드 군단의 발맞춘 엔진 소리처럼" "발 구르며" "출근길 지하철에서 막 밀려 나오는 회사원들"(「유령들」)과 "화살처럼 소모되는 일용직들"(「중세의 하루」)이 있다. 이들은 모두 자본주의 질서에 길들여져 "은행에 저당 잡힌 생"(「이 난을 어찌할 것인가」)들이다. 아닌 게 아니라 한 번도 자신의 존재에 대한 물음도 없이 "다들 회사원으로 열심이고 내 식탁에 밥과 반찬은 누가 만들었는지 나는 누구인지 몰라도 잘 먹고 잘 살고"(「열 명쯤 사는 동네」) 있다. '나' 또한 다르지 않다. '나'는 스스로를 '금붕어'에 빗대 "먹이를 절제하지 못해 배가 터진다고도 하는데/ 어쩌다 재물과 행운의 돌연변이가 되었나 너는"(「금붕어」)이라며 타성에 젖어 살아가는 자신을 반성한다. "GS25에 나는 매일 간다 거기서 얼마간의 위로 혹은 안심을 사곤 한다 눈 시린 불빛 아래 바코드 찍힌 외로움이나 고독은 냉장고에 진열되어 있다"(「내게 보험은 더 이상 필요 없다」)라며 도시 생활인이 가진 존재론적 허기를 꿰뚫어 본다. 한승태 시인은 이처럼 자본주의가 점령한 도시의 삶 한가운데에서 살아간다. "아침에 힘겹게 일어나 세수하고 밥 먹고/ 고등학생 딸 학교에 데려다주고 출근"하는 일상 속에서 어떤 무력감을 느낀다. "아침부터 저녁까지 작업장에서/ 떠나고 싶다고 떠날까 생각만 하고/ 밀리는 퇴근길에 대신 술을 마"시면서 "동료와 회식을 하고 어깨동무해도/ 풀리지 않는 이 억울함"(「그게 뭐가 중요한데요」)을 느낀다. 시인은 가족과의 소통과 진정한 사람과의 만남을 요원하게 만든 시대와 그 속에서 살아가는 자신의 삶을 비관한다. 황폐한 이 시대에 우리의 진정한 삶은 불가능한 것인가.

겨울 지나고 점심 먹으러 봄내엘 갔어 허기진 몸은 웃으

면서 살구 두 개를 얻었지 하나는 그 자리에서 맛보았어 불
이 번쩍 들어오고 네가 보였지 검은 필라멘트가 꿈틀거렸어
남은 하나를 책상 위에 두었던 것인데 울타리 꽃잎 떨어지
고 우물에 샘이 차듯 이튿날부터 서류 더미는 내려앉고 창
없는 사무실에 황금빛 발자국이 가득했지 태양의 흑점이
짙어지고 익을 대로 익은 불안도 꿈틀거렸지 경계의 몸을
벗고 너의 발자국을 따라 춤을 추었지만 너는 진득하니 한
자리 있지 못하고 또 어디를 가나 콧속 뿌리를 촘촘하게 채
우더니 메아리가 허공을 마구 울었어 형광빛이 절반 돌아
오고 또 하루가 지나자 네가 들어온 길은 보이지 않고 사무
실 가득하던 황금빛 발자국도 메아리도 사라지고

—「사소한 구원」 전문

시인은 도시의 바쁜 생활에 지쳤는지 "허기진" 상태로 "봄내"(춘천)에 간 모양이다. 거기서 우연히 "살구 두 개를 얻"고 그중에 "하나"를 맛본 순간, "불이 번쩍 들어오고" "검은 필라멘트가 꿈틀거"리는 강렬한 체험을 하게 된다. "살구"는 바로 자연 본연이 가진 생生의 순수함 그 자체이다. "살구"라는 자연의 매개물을 통해 '나'는 그동안 잊고 있었던 생의 근원적 힘을 발견한다. 먹지 않고 "책상 위에 두었던", 남은 "살구" 하나는 '나'의 일상에 균열을 가져온다. "살구"는 "서류 더미"로 가득한 "창 없는 사무실"을 뒤흔들더니 '나'를 "울타리 꽃잎 떨어지고 우물에 샘이 차"는 듯한 자연의 한복판으로 데려간다. "사무실" "책상 위"에 올려놓

은 "살구"하나가 대자연의 "황금빛 발자국"을 몰고 와 도시의 불모지와 같은 그 삭막한 공간을 한순간에 생명이 충만한 공간으로 탈바꿈시킨 것이다. "살구"는 대자연의 전령傳令이다. "살구"는 "창 없는 사무실"에 "황금빛 발자국"을 몰고 오고 '나'는 "경계의 몸을 벗"은 채 그 "발자국"에 맞춰 춤을 추며 해방감을 느낀다. 하지만 시간이 흐르면서 "콧속 뿌리를 촘촘하게 채우"던 "살구"의 진한 내음이 조금씩 시들어가고 "황금빛 발자국도 메아리도 사라지"게 된다. 시인은 또다시 도시의 일상으로 돌아가지만 "살구"가 가져다준 충격은 잊히지 않는다. 그것은 "사소한 구원"이라고 말할 수 있다. 내가 영위하고 있는 지금의 삶을 송두리째 바꿔서 '나'를 완전히 다른 세계로 데려가지는 않겠지만 "살구"의 맛을 본 '나'는 분명 그전과는 다른 삶을 살아가게 될 것이다. '나'는 "살구"가 가지고 온 "황금빛 발자국"을 기억하고 그리워하면서 자신의 몸을 잃어버린 생生의 근원적 순수를 향해 돌려세울 것이다. 그렇기에 "사소한 구원"이다. 자연에서 온 "살구"는 도시에 찌든 황폐한 '나'의 삶을 회복시킨다. "살구"는 선대에서부터 대대로 가슴 깊이 품어왔던, 생生의 에너지로 꿈틀거리는 "불씨"(「북리北里」)와 같다. 잃어버린 줄 알았던 뜨거운 한줄기의 희망과 구원이 기적처럼 '나'에게 찾아온다. 잠들어 있던 '나'를 흔들어 깨워 다른 삶의 가능성을 열어준다.

한승태 시인은 『사소한 구원』에서 인간의 삶을 왜소하게 만드는 이 시대의 생존법에 대해 조심스럽게 말한다. 훼손

되지 않은 자연의 원형으로 우리의 삶을 되돌리는 것은 불가능하다. 하지만 생生의 근원적 순수함을 잊지 않고 그것을 가슴속에 간직하고 살아간다면 우리는 조금 더 나은, 다른 삶을 꿈꿀 수 있을 것이다. 삶은 계속되어야 한다. 살다가 문득, "여름 그 밤 그 숲에 뭘 두고 온 것만 같"(「평화라는 말」)은 느낌이 든다면 잠시 멈춰 서서 귀를 기울이기 바란다. 멀리서 들려오는 그의 울음이 우리가 잃어버린 소중한 가치들을 가슴 뭉클하게 일깨워 줄 것이다. 늑대사나이는 그렇게 이 시대의 밤을 울고, 또 운다.